Birgit Gleffe

Droppelwurm Drops

© 2020 Birgit Gleffe

Illustrationen: NANOSstylz

Verlag und Druck: tredition GmbH, Halenreie 40-44, 22359 Hamburg

978-3-347-17998-1 (Hardcover)
978-3-347-17999-8 (e-Book)

Bibliografische Information der Deutschen Nationalbibliothek:
Die Deutsche Nationalbibliothek verzeichnet diese Publikation in der Deutschen Nationalbibliografie; detaillierte bibliografische Daten sind im Internet über http://dnb.d-nb.de abrufbar.

Droppelwurm Hanna, von ihren Eltern ‚Drops‘ genannt, kam niemals durch das ganze Land.

Sechs Beinchen machten was sie wollten,
aber niemals, was sie sollten.
Zwei Beinchen wollten hierhin,
zwei Beinchen wollten dorthin,
zwei Beinchen einfach nirgendwohin.
So lag Hanna Drops Tag für Tag auf ihrer Wiese und ließ es
sich gut gehen.

Eines wunderschönen Tages kam auf einmal, wirklich unerwartet, ein kurzer Regenguss. Hanna Drops hatte es sich in ihrem Häuschen unter einem Blätterdach gemütlich gemacht.
Als der Regen vorüber war, schob sie ihren Kopf zaghaft vor und schaute hinaus. Aber was sah sie da? Leuchtend, in den wunderschönsten kunterbunten Farben stand ein Regenbogen am Himmel. Sie freute sich so sehr und lief nun ganz schnell aus ihrem Haus. Diesmal waren sich alle Füßchen einig.

Sechs Beinchen kamen fast gar nicht mit
bei diesem schnellen Schritt.

Hanna konnte sich nicht sattsehen an den wunderhübschen Farben.

So beschloss sie, bis zum Ende des Regenbogens zu gehen.

Zieht sich an, will schon gehen,

doch Mama spricht:

„Den Regenschirm, den nimmst du mit!"

„Nein, nein", spricht Hanna selbstbewusst, „auf Regen hab ich keine

Lust".

Gibt der Mama einen Kuss und tapst davon.

Hanna wandert ein Stück des Weges, da kitzelt die Sonne ihr Näschen.

Hatschi, hatschi, hatschi.

Und mit einem Mal hört sie ein lautes, fröhliches Lachen.

„Wer bist du und was machst du da?"

„Lachst du über mich?", fragt Hanna, als sie die kleine kichernde Ameise erblickt.

„Nein", antwortet Ameise Emma, „ich lache über den Sonnenschein, aber auch über Regen oder Wind. Es ist lustig, dies Alles im Gesicht zu spüren."

„Emma, magst du mich begleiten, auf meinem Weg zum Regenbogen?", fragt Hanna, weil sie nicht allein gehen möchte.

„Wenn wir zusammen gehen, wird es bestimmt lustig."

„Gern komme ich mit dir", stimmt Emma zu und lacht wieder.

So wandern beide über Stock und Stein, genießen die warmen Sonnenstrahlen, sind glücklich, lachen viel und haben Spaß miteinander.

Auf einmal hören sie ein leises summendes Geräusch. Was war das? Neugierig schauen sie sich um.

Im Sand liegt ein Käfer, der sich mit seinen Flügelchen immer und immer wieder im Kreis dreht. Mal liegt er auf dem Rücken, mal auf dem Bauch.

„Wer bist du und was machst du da?", erkundigt sich Hanna.
„Ich heiße Luca Marienkäfer und bin ganz traurig, weil ich auf meinem Rücken nur einen Punkt habe. Meine Eltern und Geschwister haben fünf oder auch sechs Punkte auf dem Rücken

Der Punkt ist mal hier, mal dort
und manchmal ist er sogar fort.
Trau mich gar nicht rauszugehen,
aus Angst, es könnte jemand sehen
und lacht mich aus.
Das wär ein Graus.
So bleib ich hier im Sand auf dem Rücken liegen.
Dreh mich immer wieder im Kreis, um zu sehen,
ob jetzt mehr Punkte entstehen."

„Ach du kleiner Luca", spricht Drops, „komm doch mit uns. Wir besuchen den Regenbogen. Und wir finden es ganz und gar nicht schlimm, dass du nur einen Punkt hast."
„Ich weiß nicht", antwortet Luca zögerlich, „ich war noch niemals fort aus meinem Sand. Es ist so herrlich weich hier. Er wärmt mich, wenn die Sonne scheint und ist ganz leicht zu buddeln, wenn er feucht ist vom Regen."

Da nimmt Emma seine Hand und lacht ihn strahlend an. „Geh einfach mit uns und hab Spaß. Du kannst ja später wieder im Sand liegen."

So ziehen die drei nun ihres Weges.

Der Weg im Gras aber ist jetzt feucht und matschig. Und dann breitet sich auch noch eine riesige Pfütze vor ihnen aus.

„Ich kann nicht durch das Wasser laufen." Das sagen Emma und Luca fast gleichzeitig.

„Dann gehen wir außen herum", entscheidet Hanna Drops. „So kommen wir alle trocken und sicher zum Regenbogen."

Da sehen sie:
Etwas springt ganz munter
immer hoch und runter.
Es ist der grüne Springer, der tolle,
macht dabei noch eine Rolle
und landet mit Entzücken
bei Luca fast auf dem Rücken.

„Wer bist du und was machst du da?"

„Ich bin Anton, der Grashüpfer. Springe von Grashalm zu Grashalm und muss aufpassen, dass ich mich nicht beschmutze. Schmutz mag ich überhaupt nicht.

Aber sagt, was macht ihr drei denn hier?"

„Siehst du dort den wunderschönen Regenbogen? Wir gehen zu ihm, um seine schönen Farben aus der Nähe anzuschauen", berichtet Luca voller Freude. „Nur müssen wir jetzt einen Umweg nehmen, weil wir nicht schwimmen können."

„Nichts leichter als das. Ich mit meinen langen Beinen kann ganz einfach über das Wasser springen", meint Anton voller Stolz.

Anton setzt an zum Sprung,

man glaubt es kaum,

da macht es platsch

und aus ist der Traum.

Anton, pitschnass, kommt aus dem Wasser. Sieht an sich herab und schüttelt den Kopf. „Warum nur hatte ich immer Angst vor Wasser und Schmutz?" Kaum gesagt, hüpft er noch mal in die Pfütze. Und dann noch einmal und noch einmal.

Doch dann schaut er zu seinen neuen Freunden, die ihm fröhlich zusehen, und sagt betrübt: „Meine Kleider sind ganz nass und schwer. So kann ich nicht mehr über die Pfütze springen."
Luca, der Marienkäfer, hat eine gute Idee. Er breitet seine Flügel aus und legt sie wie ein Handtuch um Anton, damit dieser wieder trocken wird.
Da macht Emma, jetzt ganz ernst, einen Vorschlag. „Lieber Anton", sagt sie, „ich habe gesehen, das Wasser ist nicht tief. Du hast so lange Beine, damit kannst du doch durch das Wasser gehen und mich hinübertragen."
„Oh, was für eine prima Idee", findet auch Hanna und kratzt sich dabei am Kopf.
„Und ich, Luca, hör zu, nehme dich auf meinen Rücken. Dann

kommst auch du trocken auf die andere Seite."

Gesagt, getan. Genauso machen sie es, und alle vier erreichen glücklich und trocken das andere Ufer.

Und schon geht's weiter durch hohes Gras. Es gibt nichts mehr, was sie aufhält auf ihrem Weg zum Regenbogen.

Starker Wind kommt auf und pustet so heftig, dass Emma, die Ameise, ihre Augen ganz eng zusammenkneift.

„Geh doch rückwärts", schlägt ihr Hanna vor. Schwupps dreht sich Emma um, geht nun mit dem Rücken voran und lacht ganz herzlich.

„Das hab ich ja noch nie probiert, macht aber Spaß! Und kein Wind mehr in meinen Augen."

Anton, der Grashüpfer, blickt sorgenvoll zum Himmel. „Es wird regnen. Dabei bin ich doch gerade erst trocken geworden."

Ach, ist das ärgerlich. Hätt' ich doch bloß den Regenschirm dabei geht es Hanna durch den Kopf, kann es aber nicht mehr ändern. Sie schaut sich um und ruft: „Kommt schnell, wir setzen uns dort unter das Blatt und warten ab, bis der Regen vorbei ist."

Schon fallen erste dicke Tropfen. Anton eilt voran, dann folgen Emma und Hanna.

Auch Luca der rennt, so schnell er kann, wird aber trotzdem nass.

Unter dem Blätterdach endlich angekommen, schüttelt Luca seine nassen Flügelchen. Anton sieht es als Erster und kann es nicht glauben. Er stupst Hanna an, auch Emma und zeigt auf Lucas Flügelchen. Die drei strahlen. „Luca, du hast ja doch viele Punkte dort! Es war nur immer viel Sand auf deinem Rücken. Alle Punkte sind da."

Emma platzte mit dieser frohen Kunde heraus, konnte aber vor lauter Lachen und Freude gar nicht richtig sprechen.

Luca schaut erst verdutzt und lacht nun mit. Emma, Hanna und Anton freuen sich mit ihm. „Ich bin so froh, dass ich euch getroffen habe. Mit euch zusammen ist alles schön. Sogar der Regen!"

So plaudern sie unentwegt. Die Zeit verrinnt im Fluge, bis sie bemerken, dass der Regen aufgehört hat.
Geschwind klettern sie unterm Blätterdach hervor.
Emma blinzelt und reibt sich die Augen. Auch die anderen schauen verwundert drein. Wo sind sie hin, all die bunten Farben? Sie gucken nach der einen Seite und nach der andern, nach links und rechts. Kein Regenbogen weit und breit. Wo ist er nur geblieben? Hat der Regen die Farben weggewischt? Ratlos stehen sie da und können doch nichts daran ändern.

Da spricht Hanna: „Eigentlich wollten wir ja den Regenbogen suchen, haben nun aber uns als Freunde gefunden."
„Ja", stimmen Luca, Emma und Anton wie aus einem Munde zu, „gemeinsam ist alles leichter und macht viel mehr Spaß."
Langsam zieht die Dämmerung auf. Bald wird es dunkel werden. Zeit, nach Hause zu gehen.

Gemeinsam treten sie den Rückweg an und verabreden, gemeinsam viele weitere Abenteuer zu erleben.

Gute Nacht, Grashüpfer Anton!

Gute Nacht, Marienkäfer Luca!

Gute Nacht, Ameise Emma!

Gute Nacht, Droppelwurm Hanna!

Den Regenbogen, den fanden sie nicht,

auch nicht am Ende der Geschicht'.